百年沧桑

商泽军 著

作家出版社

序歌

1

一粒种子

在历史的胚胎受孕

一粒种子

在历史的寒冬里播下

一群人

在寒夜里寻找星斗

一条船

在历史里划出,慢慢成为

一个图腾

成为一个

民族选择的

最大公约数

一滴水,有它的最初
来自山涧的滴露
来自草原的叶茎
来自无数的看似卑微的
地点
如长江、如黄河
自三江源
自雪山
自牛羊的蹄甲
只是那么不经意的一脉
穿过
山谷、大漠、黄土
从高原梯级而下
奔腾着冲撞着
接纳溪流、湖泊、小河、大江
支流
这些手挽手的水系们

从内心的柔韧,到手中

攥起的骨头

一路摧枯拉朽

一路狂奔高歌

一路呐喊着夺路

一路开阔着向着海洋

如果要回溯

从一棵树到一粒种子

从一座山到一块石子

如果要回溯

从九千万到五十几个人

从千帆竞发

到一只木船

如果要回溯

从和平到血到火

从笑脸到悲苦的骨头

100年,我们值得回溯

从1921的7月

到2021的7月

这百年的历程

这百年的沧桑，我们

用怎样的词语来描摹?

用怎样的嗓音来歌赞?

2

这暗夜的火把

是从哪儿来的?

在无边的暗黑里

在无边的莽野里

一个暗夜踏着露水

踏着霜雪的夜行者

他拆下了肋骨

接着有一个人跟着

再一个跟着

他们拆下肋骨

组成了火把的队伍

一粒火苗

是十分微弱的

千百的火苗

能把寒冬的原野烤热

那火把

一个个燃起来了

绚丽的火把

桃红的火把

洒金的火把

跳动着希望的火把

在暗夜

在寒冬

把无边的黑暗烧出一个洞

那洞里就充满了

希望的火光

那火把映着人的脸

那脸上

也像涂上了坚定

这火把的队列是会传染的

先是一人

然后百人

千人、亿万斯人

这是会发光的队伍

这是火把的溪流

这是火把的江河

从人们对拆下肋骨的不解

对拆下肋骨评价为傻子

到呼喊着：

我也要火把

我也是火把

给我火把

这火把的队伍

是驱赶暗黑的队伍

这火把队伍

是对接黎明的队伍

这火把的队伍

有血一样的赤诚

这火把的队伍

有血一样的热烈

火把到哪里
血就到哪里
热诚就到哪里
光明就到哪里

3

没有剥削,把压迫赶走
这是一个要求平等
重建世界的队伍
起初,人们看作是乌托邦
是大地的梦想
像梦中人的胡话
但没人能预测
这大地的梦想
这人间的天堂
最终能矗立在大地之上

这最初的蓝图

这像梦呓一样的幻想

从陈独秀的脑海里

从李大钊的脑海里

从毛泽东的脑海里迸出

这些书生的议论

当初有多少人怀疑

有多少人嗤笑?

这梦想在《新青年》里

在《湘江评论》里

在那些课堂的板书中

在安源的矿井里

也在农家的田埂里

在一个压榨人的世界

平等是多么的重要

人,生而平等

但活着

却分了三六九等

这些书生

这些呐喊的书生

大声呐喊：

这不公平！

把火把举起来

赶走不公

还世界一个公正！

4

哦，一条船

从1921年驶出

在暴风雨中

船长和船夫，同舟共度

他们的航程，就是壮阔的大海

他们的使命

就是在海上给死以生

这船渡过一个个险滩

一处处关碍

但每一次的考验

他们都听到了遥远的钟声

和远方鲜花的召唤

于是,那些血

再一次飞腾,飞涌

这船驶过1927,1934,1937,1945

每一个时间的节点

都是惊涛骇浪

每一个时间的节点过后

都有丰厚的报偿

这是一只航行在夜里的船

船长和船夫们

内心坚定

他们知道前面的火光

啊

火光在前

那就像眼睛的瞩望

给了他们勇敢

听听那钟声

敲呀敲呀

听听那号角

呜呜地吹响

看看那旌旗

正猎猎飘扬

船长和船夫,一起欢呼

他们看到了远方

那无边的鲜花的海洋

5

无边无穷

那磅礴的血雨

那是石头的雨、箭镞组成

那是刺刀的雨、枷锁的雨

在这雨中,我们看到了写

《多余的话》的瞿秋白

清贫中国的方志敏

板仓的杨开慧

看到了独秀的两个儿子

我们看到了湘江突围的血

看到了雪山的血

看到了渣滓洞的刑具

看到了刑场上的婚礼

"骨头是我的

头颅是你们的

拿去"

"骨头是我的

头颅是你们的

拿去"

这是在血雨中蹚过的信仰

这是在血雨中蹚过的头颅

他们走在血雨里

擎着自己的信仰

把信仰举起

把主义举起

这血雨中穿行的队伍在扩大

一个跟着一个

一个接着一个

每个人的脸上

都写着凝重

也写着不屈

这血照亮了他们

把他们变得像雕像

如青铜那么庄严

即使这青铜的头颅

在血雨里流着血

即使这青铜的脚踝

在血雨里流着血

他们依然鼓荡着他们的胸膛

他们要用他们的血

照亮这片土地

找到他们的血

灌溉一遍这土地

直到这土地苏醒

他们的血

也照见卑鄙

也照见退却和颓唐

落伍与背叛

血雨就是最好的淘汰

血雨

照出了懦弱的脊梁

照出畏缩的腿骨

在血雨的遴选中

每个人都做出了选择

有的选择烈士

有的选择背叛

有的选择用自己的头颅撞向

压迫不义与丑陋

有的选择了做了犹大

为了几个金币

出卖自己的灵魂

6

这群人

书生的基因

又加了斧头的铁

又加了锄头的泥性

他们呼啸着上山了

从井冈，到大别山

到巴山，到湘西的山

从脚下的山

到额头的山

从万木葱茏

到白雪皑皑

在山上游击、伏击、阻击、狙击、
　攻击、反击、射击、

拳击、追击、还击、炮击、夹击、
　截击、进击、

合击、抨击、雷击、痛击、枪击、出

　　击、目击、伏击

最后致命一击

那时，山上，山下，齐声唤前头捉了

　　张辉瓒

到了后来，无论张辉瓒刘辉瓒王辉瓒

都统统在山下被歼

这群人

有了山的加入

这群人

也有了山的性格

这山，有了人的加入

这山，也有了人的性格

这群人，以山为讲台

向着世界和劳苦的大众演说

这山也举起了拳头

在台下喊出：我要起来！

这是石头的语言

这样的语言高亢激昂

这是石头的语言,

这语言撞击旧的世界

就像铁砧一样

山的语言

是钢的语言

是耸起的脊柱的语言

这群人,领着山站立

这群山,和人耸立

7

起于一湖水

最终波澜

最终浩荡

为有源头活水来

南湖的水

这是移动的水

这是河流

也是大江

它有远古历史的使命

它流着和血管里的血

一样的旋律

这也是人的河流

正义的河流

这是和江海一样壮阔的灵魂的集合体

我们知道

它收纳过湘江

也接通过乌江

这灵魂的河流，也曾在大渡河驻足

历史差点在此转弯

这水的壮阔

从南方的珠江、扬子江到北方的黄河

淮河

再到松花江

这水的集合体

让这片土地得到滋养

这里，种子发芽

这里，成长起新美的图画

在有水的地方

高楼在成长

高速路盘旋

一列列的高铁在把追赶歌唱

在百年的历程中

多少人在夜深醒来

谛听着河流的拍击

多少人在听懂了河流

不再彷徨

这河流，这水的集合

说着什么？

人们听懂了这水流的秘密

那就是勇往直前

流向大海的方向

流成历史镌刻的诗行

8

什么是百年的沧桑？

那是时间的重量

从出生的上海和嘉兴南湖算起

那是时间的

第一缕曙光

什么是百年的沧桑

我们看一看

南昌城头枪栓上的星光

井冈黄洋界花朵春天的花香

我们经过秋季的雪山

那是冬天的叠加

和残酷的回光

什么是时间的重量

四·一二的屠杀

反"围剿"的失败

长征路上的围追堵截

那些吃到胃袋里的草与皮带

那些哭声

那些白骨

这些都为时间增加了分量

这重量

也使这群人的使命

增添了重量

打击他们的力量

就是他们获得的力量

我们说，时间是新生

时间是死亡

时间是一把锋利刀刃

把一切都刻在时间上

比如：忠诚、背叛、逃逸

比如：热血、赤诚、胆量

时间使弱小的只有几十个人

的这群人

成了天下的第一大的党

时间剔去了污秽

时间也保留了昂扬

你想触摸

这百年的时间

可以去上海的一大会场

广州的农民讲习所

还有八百里的巍巍的井冈

去遵义

去陕北的窑洞

还可以去北京

去亲手碰一碰纪念碑

那上面的雕像

可以去小岗村

去深圳，去浦东

去港珠澳大桥，在那上面听听

零丁洋的海浪

啊

时间啊

可以把旧的王朝埋葬

时间,可以把新生的共和国

推出一轮朝阳

时间,是什么?

时间是百年一瞬

斗争的步伐,永远在路上

什么是时间

时间,就是

太阳每天都是新的

百年,就是历史长河的

一点闪光……

9

站在百年的时间节点

回望历史的沧桑

历史在这里停留

我们

怎能不把历史打量

这是一个高歌的时代

但回望,却仍记得

当初的稚嫩、初心的精诚

刚刚起步的踉跄

百年,我们回望昨天的足迹

但我们看到

百年的足迹

早已成了永恒

成了丰碑

矗立在历史的记忆之上

历史的纪念碑

不是花岗岩的骨骼

是灵魂的立方

它和人民亲近

它是站立的河流、山岗

也是耸起的脊梁

百年的沧桑

是历史，在新的时间点

刚刚重新开始的起航

目录

第一卷 初心

壮美生命起始的地方 … 003

照亮中国 … 007

一只船和一个民族的记忆 … 010

镰刀和锤子的向往 … 016

第二卷 热土

在赣南，听见鸡鸣的声音 … 023

想问杜鹃 … 027

热土 … 030

报告会与梅岭 … 033

红石头 … 036

妇女犁地和牛 … 038

那年的纺车 … 040

马灯 … 043

源头 … 045

清平乐·会昌 … 047

沙洲坝——红井 … 049

草鞋情 … 051

罗塘谈判 … 055

童话与神话 … 058

醒着的眼睛 … 061

第三卷 浴火

长征是一部行走的书 … 067

大刀魂 … 071

纪念碑 … 074

不能忘记 … 082

第四卷 人民

诗人毛泽东 … 089

人民的儿子 … 098

访小平故里 … 103

琅琊山的怀念 … 106

嘉陵江畔的少年 … 109

清贫赋 … 111

孺子牛 … 116

一个老人的心声 … 123

第五卷 担当

中国的脊梁 … 129

我还要歌唱脊梁 … 138

中国集合 … 144

中国心，在四月互动 … 152

第六卷 梦想

通向宇宙的签证 … 165

飞翔的中国 … 175

中国，写在太空的诗意 … 183

民族的盛典 … 188

第七卷 旗帜

旗帜 … 197

祝福 … 208

第一卷 初心

壮美生命起始的地方

在一个早晨

我走向了一处

壮美生命起始的地方

这在二十世纪初叶的上海

只是一处普普通通的楼房

地处租界

窄街窄巷

它的桌椅纹理早已模糊

破旧

你心疑它竟能承受住第一次

来自湖南的方言

山东的方言

和党的章程的重量

这是一个源头

就像母亲的乳汁

土中种子的芽叶的萌长

这是鸟儿的翅羽

开始远翔

这是一个来自西方的

真理的胚胎

一个大胡子的犹太人

在东方的流畅的表达

这是一个目的地

这也意味着出发

来自湖南的方言善于吃辣

来自山东的

则是酒杯里的大声说话

然后他们走了

走到嘉兴南湖的船上

走到煤矿漆黑的井下

他们从一到二

从二到三然后到燎原

他们的战士也走了

走进南昌的梭镖和红星

走进戴镣铐的结婚的刑场

他们走过风寒草地

他们走成了历史的一章传奇

他们走过挫折

他们走过崎岖

他们集合了黄河

他们集合了山脉

他们集合了泥土

他们集合了各种呼吸

虽然刚开始时步履踉跄

然而最后一、二！一、二！

这支队列

确实方方正正

整整齐齐

一百年了

在一九四九年的十月

我看到了圣迹

在雷锋的日记里

我读出了圣迹

在风雪的兰考大地

在铁人手握的机器的刹把

在世界屋脊的阿里

在草原，在牧区

在深圳的楼群

在抗洪的浪涌

在白衣天使的眼睛里

我一次次看到

一处处圣迹

我在一个早晨

像一个虔敬的宗教信仰者

在上海一个满是沧桑的小楼

向一段历史敬礼

照亮中国

一九二一年

七月流火

有一种金属

被锻造成镰刀和锤头

在中国南方的一处城市

砸响

这种金属的刚性

来自古老东方的地层

然后和西方淬火

火星四溅

把黑的穹幕烧穿

锤头是开拓的

镰刀是收获的

而火星是虔诚的播种

从水乡的漠漠田野

到北国的黄土畦垄

从人的内心到

交流的话语

从河流的水声到

山的轰鸣

都有这播种的身影

它在暗夜中播种曙光

在痛苦中播种反抗

它用锤子进行錾击

血的火的

一切的一切历经一遍

它成熟了

那是怎样的成熟

布满着血痂苦恨

伤痕累累

又有着青春的眉眼和激情

是时候了
镰刀开始收获
就像庄稼成熟了收割一样
它收割了
收获一九四九年十月的锣鼓
和播种时期待的心情

一只船和一个民族的记忆

> 一只船
>
> 在历史的深处
>
> 等待着——
>
> ——题记

一百年了

那时纪元还是使用民国

那年的七月

一群文弱的书生模样的

民国的子民

讲着湘、鲁、粤的方言

从上海的一座小楼

来到这里

他们不是仿效名士

徜徉于山水

他们确实是指点江山

粪土所处的时代的空气

上海太污浊

上海容不下他们

整个中国太污浊

在偌大的中国

也容不下他们

他们的精神资源在欧洲

在遥远的欧罗巴

共产的要义

那时被看作幽灵

就是这个幽灵从一个

大胡子的丛林走下

走向矿工、农民和隆隆的机器

它走向血泪抚慰血泪

它走向被侮辱的人群

抚慰被侮辱的人群

它给沉睡以梦想

给河流以歌唱

它给压迫以怒喝

给暗夜以指引的星光

它走进俄罗斯的原野

走进了阿芙乐尔巡洋舰的炮塔

然后它走到

孔子和长城的故乡

九十九年前

它走到一个船上

那年的七月有雨

一群书生模样的人收起雨伞

就像鸟收起了翅膀

然而他们的心却在闪烁锋芒

哦

一支竹篙

一艘画船

就这样走进中共党史的第一章

嘉兴南湖

十余人

一个象征的航船起碇破航

历史就是船的集合

从挪亚方舟

到哥伦布

达伽马

以至郑和远洋

南湖的船上产生了新的一代

船长

这个船长熟谙水性

"自信人生二百年

会当击水三千里"

一群人和一只船

开始穿行在

林莽暗礁

有时要背纤

像伏尔加河上的纤夫

把纤绳勒进血肉

这只船上的水手有的走了

弃船而不顾

有的则是走向了刑场

这只船上的水手有的走了

成为叛徒

有的却九死而不悔

这只船

穿过湘江的血雨

大渡河的呐喊

然后是百万雄师

它的帆呢

布满了枪洞

它的帆呢

那些枪洞像一只只瞩望朝霞的眼睛

一只船后来和一个节日

连成了一体

它的水手使民国年间的一个

普普通通的日子

成为一个用黄金锻制

永远的民族的记忆

镰刀和锤子的向往

有一个城市

在九十多年前的炎热的夏天

这个东方的大都市

这个临近长江的都市

在这个季节接待了

一群年轻人

他们心里有着

镰刀和锤子的坚强和向往

有劳动者的象征组合的镰刀锤子

开始在知识分子的头脑中扎根成长

那段日子,那些年轻人

在山水中徜徉

在山水中指点江山

哦,红色的游船,头顶有太阳

湖面有阳光

那些划船的桨橹呢

那声音划破沉寂

像雄鸡开始啼晓

在北伐的队列里

在武昌城头的攻坚炮弹的呼啸里

我们看到了党的影子

在南昌的红丝带上

我们知道党选择了红色

那是选择了太阳的颜色

在井冈山的春天里

我们看到了春天的颜色

杜鹃的颜色,那映山红啊

绽在黄洋界、八面山上的映山红啊

把那土地变成了红色

那季节也变成了

红艳艳的季节

当有人在心里怀疑红旗能打多久的
　时候
一个清瘦的
诗人气质的湖南人
一只手叉在腰上
一只手握住毛笔——那毛笔是红颜
　色的
那里有汗更有志士的血的理想
他一下一下开始染红整个的中国
从南方到北方
从南方的龙舟到北方的腰鼓
从水乡江南到陕北的黄土
后生的腰鼓是红色的
山崖上的山丹丹开得也是红艳艳的
从南昌到井冈，从井冈到遵义
然后是延安
那足迹是红的
那旗帜是红的，半个中国开始变红
从晋西北到五台山

从茫茫的林海到漫漫黄土

从沂蒙山的小调到

凤阳的花鼓

在日寇的铁蹄下

我们看到了党的脊梁

在占领总统府的欢呼声里

我们知道了党的肺活量

在天安门

在目送红旗冉冉升起的时候

我们感到了大江南北、黄河两岸

握着镰刀锤子的手正描摹着新的辉煌

在越来越红火的日子里

我们追随七月的阳光

哦，阳光

绽开在大地的掌心

就像母亲的手，那手，是热情凝铸的

似七月骄阳

燃烧啊，每一个当代的日子

从历史走来的日子

那红色的花里,有金色的花蕊

那是蓝天下的最美丽的图案

那是一枚徽章

别在母亲的胸前

第二卷 热土

在赣南,听见鸡鸣的声音

四月的赣南

临近黎明的时分

薄雾和水汽浸润着

空气清新的

城市与村落

就在此刻

我听见鸡鸣

一声,二声,三声

渐远,渐近

呵

这是谁家的公鸡

叫得这么亲切

唤醒着我们的回忆

使我想起

我少年时的鲁西家乡

鸡鸣的时刻

就开始揉着蒙眬的眼睛

穿上奶奶缝制的布鞋

背上书包

踏着黎明和鸡鸣的声音

走进乡村学校的

课堂

这样的情景

在记忆中时时翻新

可在此时,在赣南

这鸡鸣的声音

有些与我家乡鸡鸣的不同

在这片用先辈鲜血染红的

土地上

它高亢,凝重

好像几十年前的声音

带着血丝的声音

飘浮在风中

呵，这声音

好像在提醒总指挥部

还在开会的将领

——又是一个不眠之夜

又是一个黎明

呵，好像

这声音是号角

是抗争的信号

是走向光明的集合

呵，在这种声音

越来越高亢的时刻

我们的队伍

从黎明中列队走来

如今，又听见这鸡鸣的声音

这在黎明发出的声音

那是一种悲壮

一种信念的声音

那是民族的铁骨铮铮

拔节的声音

你听啊,听啊

正在嘎嘎作响!

想问杜鹃

我说的杜鹃

不是我少年的同桌

不是那个扎着小辫子

总爱借我的橡皮

擦错字的

那个杜鹃

我说的杜鹃

盛开在赣南的土地上

并在春天到来的时刻

开得十分烂漫

小时候

就十分热爱,敬畏着

这种美丽的花

那时,只有在电影

《闪闪的红星》里

才能　看见

在我的心目中

她是一种英雄花

我寻觅着英雄的足迹

想问杜鹃

在您繁茂的花丛中

是否隐藏过

当年反抗黑暗的　红军

想问杜鹃

您怒放的鲜艳

可是前辈们热血的浸染

想问杜鹃

您招展在山冈,路旁

可是等待胜利的消息

一次又一次凯旋……

我说的杜鹃

是这片热土上

历史的见证者

见证着昨天

今天

热土

经过沸腾

洗练之后的

就是我脚下的

这片热土

这是红色的土地

埋下种子

她便会默默地孕育

会顽强地在黑暗中

拱破坚硬的地层

顶着风雨

和寒流

生长

呵

这埋在红土地上的种子

她的生命

经受炙烤

在坎坷与崎岖中

等待着成熟的时机

呵，种子

终于在这片热土上

萌芽

她将腥风血雨

化作肥料

然后长成大树

长成森林

为人民遮阴

是呵

当每个人走过这片

热土时

都会生长感激……

报告会与梅岭

在赣州听党史专家做报告

他讲得传神

我们大家听得认真

当讲到梅岭时

我想起陈毅将军

想起他那首有关梅岭的诗篇

那时,长征的队伍

已经开始出发

有夜间突袭的

天上的星星看得很清

有黎明集合的

晨风为他们送行

有在大雨倾盆时撤离的

泥泞的路

使他们步伐走得沉重

那时,陈毅元帅

身负重伤,留在苏区

病情让他思绪纷纷

他眼前总是映现着

燃烧的土地

和老人与孩子的哭声

窗外,又有火光闪过

硝烟味实在呛人

他再也躺不住了

他努力地坐起来

把地图展开在

破旧的木桌上

关于那首咏梅岭的诗

是怎样写出来的

党史专家没有解释

那时

红军的队伍正跋涉在

西行的途中

陈毅将军也在整合

留守的队伍

当他登上梅岭时

便有了那首

别开生面的诗篇……

红石头

捧在我手中的

是一颗

在贡江岸边相遇的石头

他的颜色是红的

苍老

粗粝

我凝视这颗红色的石头

我自问

他来自哪里

也许,他是顺江而下

来到这里

也许,是天外飞来的一颗陨石

落在这里

看人间沧桑

蓦地,我发现

这是一颗有温度的石头

像一颗心脏

跳动着,跳动着

他说——

当年他的战友出发时

他留在了这里

他一直在这里等待着

等待着

直到听见胜利的消息

他说

我热爱这片土地……

妇女犁地和牛

当年苏区外出当红军／做工作的多，劳力少，模范妇女李玉英积极响应政府"妇女学习犁地"的号召，带动妇女学犁地，解决了当时劳动力不足的困难——

在苏区
在肥沃的红土地
那些健壮的水牛们
它们要到大田里去
它们
要开垦新的土地
这些水牛们

没看到主人扬鞭,当然

也没听见鞭子的响声

它们仰天叫了声

当这些水牛

回头的瞬间

发现它们换了主人

于是

它们晃了晃指向天空的角

好像告诉这新来的主人

——开始扶犁

在苏区

在肥沃的红土地

扶犁的人

擦了一下额头的汗滴

在新翻的土地上

将种子埋下……

那年的纺车

　　在江西兴国县长冈乡农民调查纪念馆里,一台木质纺车摆放馆内玻璃柜中——

那年的纺车
是用榕树的材质
樟树的材质
造成的
不,甚至
比榕树,比樟树
更硬的木材打造的
现在
她静静地坐在纪念馆里

静静地

我看到了她的端庄

她的严肃

呵

看着，看着

我仿佛听到了呼啸的声音

那年的纺车

纺出的线

能绕地球多少圈

没有人计算得出

我知道，那根根丝线

是共和国最初的神经

直到今天

仍编织在

我们的生活中

仍在

我们的体内跳动

那年的纺车

静静地坐在这里

我们享受着灿烂的阳光

感念着今天富足的日子……

马灯

　　当年,毛泽东提倡的农村调查工作,以调查和讨论的方式积极展开,了解社会情况和各阶层的问题,有时白天在田间地头,夜晚提着马灯走进一些农户——

在漆黑的夜里
在翠竹林
在山坳里
在低矮的草房里
总有一盏马灯
亮在黑暗里

提马灯的人

轻声叫开

一户又一户的木门

或柴门

然后,围马灯坐下

像拉家常一样亲切

低声细语

——谈田地的问题

谈劳动力的问题

谈参加红军的问题

谈货币的问题……

有时,这些话题

一直谈到临近天亮

马灯,忽闪着

天亮了

人们的心也亮了……

源头

在赣江的源头

在贡江江畔

在红色故都

在长征起点

一只古老的船

静静地停在这里

停在历史的

深处

也许,它太累了

它的主人

让它在这里歇息

把往日江水打湿的船舱

在阳光下晾晒一下

也许

它太老了

停在这里,回忆着

几十年前的情景

回忆着

在滚滚的江水之上

急促地往返

送走一批批出征的队伍

现在

它静静地停在这里

所有来它身旁的人

都向它行注目礼……

清平乐·会昌

这是一个词牌的名字

这是一九三四年的春夏之际

毛泽东从瑞金

来中央根据地南线调研时

他登上了

会昌城外的岚山顶峰

他登高望远

在蓝天白云与山峦之间

他有了兴致

或许,是一种

蕴藏已久的思绪

岚山顶峰的风有些冷

也有些硬

他匆忙回到山下

回到文武坝的住屋

在他靠山坡的

低矮的平房里

他挥动毛笔的瞬间

又望了一眼窗外

窗外是竹林，很茂密

正摇曳着风雨

就在这样的时刻

他写下了那篇著名的

——《清平乐·会昌》

我深深地记得一句

——风景这边独好

那一笔一画，苍劲有力

后来，长征的队伍

也走向这风景独好的地方

这支队伍

苍劲有力……

沙洲坝——红井

红井,位于瑞金沙洲坝,是一个干旱缺水的村庄,一九三三年九月,毛泽东带领几个红军战士在村前亲自挖井,解决村民吃水难的问题——

毛泽东是干大事业的人
小事情
也常装在他的胸中
比如,一头耕牛
一口水井
毛泽东知道,农民
没有耕牛是不能犁地的
也不会把田里的庄稼弄好

毛泽东知道

一口井虽小

没有水吃的问题

也十分严重

于是

他找来几个士兵

他要为乡亲们

解决吃水难的问题

他亲自动手挥动铁锹

也挥动着汗水

他知道，汗水是咸的

井水才是甜的……

如今

这口井养育了几代人

也验证了

一个普通的道理

——吃水不忘挖井人

草鞋情

　　据统计，当年苏区的百姓家家户户为红军编草鞋达几十万双——

一双双的草鞋

把苏区百姓的深情

一针一针

编进去

把温暖，一针一针

编进去

编进去的还有

百姓对红军哥的信任

红军对百姓的亲近

关山阻隔，长途跋涉

让红军穿上新的草鞋

陪伴着他们走在路上

心里也是一种坦然

足寒伤心

民寒误国

这极普通的哲理

百姓也许弄不懂

但他们知道

红军要出远门

千里，万里

一双温暖的脚，对他们

有多么重要的意义

世界上

有各种各样的脚

世界上

有各种各样的鞋子

这些红军

他们要过江、过河

他们还要翻山、越岭

要给他们

带上足够的草鞋

红军要出远门了

他们要从深秋走向冬季

穿上草鞋的红军

含着热泪

他们无法表达自己的心情

但他们知道冷暖

他们知道自己的脚

有了暖意

那时,红军落泪了

他们看到了这山区的

父老乡亲

看到了他们红肿的脚

和张着嘴的草鞋

红军们有些难过

他们穿着这一双双草鞋

出发了

咚咚的脚步声

敲打着每个人的心窝……

罗塘谈判

红军长征前夕,我方曾派何长工、潘汉年与国民党南路军总司令陈济棠的代表,在当时的会昌筠门岭寻乌罗塘,进行了一次谈判,向粤军借道并达成协议,使中央红军得以较顺利地通过了前三道封锁线——

谈判的第一个环节
是需要握手
一旦手与手紧紧地握住
顷刻间
便产生了温度
手上的温度

也许，会传递到心上

这时候再坐下来和谈

必然会轻松很多

在中央红军长征前夕

危机迭生

知道留在苏区的时间

不会太多

——如何突破

这是摆在苏区中央面前

一个急需解决的难题

——困难

这些共产党人遇见的太多了

越是难题

越要攻克

据说，我们的两位使者

分别化装，扮成商客

经过山路的崎岖

水路的波折

他们来筠门岭

躲过关关盘查

甩掉一次次追堵

闯过一层层封锁

来到白区

一个叫寻乌罗塘的地方

双双坐下来，又站起来

言语的碰撞

智慧的交锋

心灵的磨合

从朝霞初露

到晚霞似火

坚冰终于开河

这是一段鲜为人知的故事

如泣如歌……

童话与神话

　　一九三一年一月,中国工农红军从国民党部队缴获两部电台,当场砸毁一部,剩下的一部,为我党我军第一部无线侦察台,开启了技侦情报的先例,为民族独立、人民解放和新中国的诞生立下了不可磨灭的功勋——

这是一段历史
是历史的一个故事
是故事中的一个童话

这个童话
又似神话

它是在一场激烈的战役之后

发生的

当红军战士缴获到两部

无线电台

他们不知道这是什么装备

开始的时候很兴奋

后来又有些担心

红军们围着这不知姓名的东西

他们

挥动手臂

砸下去

这就是

出现在阵地上的童话

这就是

一部半电台的故事……

这是一段历史

这段历史

演绎了无数的故事

通过这部电台破获的信息

我们的队伍

才有了

——千里眼、顺风耳传说

这无数的故事

和传说

为新中国的　诞生

创造了

一个又一个神话……

醒着的眼睛

当年苏区大柏地战斗的胜利,使红军摆脱了敌人的尾追,扭转了战局,同时扩大了党和红军的政治影响,为开辟新的革命根据地打开了局面。至今,在当年一幢房子的土坯墙上,仍然保留着累累弹痕,似一只只醒着的眼睛——

看一眼那发黄的土坯墙
我的心就隐隐作痛
那墙上布满累累弹痕
似一只只
醒着的眼睛

那是行军走累了的眼睛

那是伏击到天亮的眼睛

那是看天下贫苦民众

翻身的眼睛

那是在暗夜里

为我们引路的眼睛

现在

他在这土坯墙上看着我们

那眼睛

有些干涩

有些红肿

弹痕，能留在

久远的土坯墙上

我想，它也能印在心灵

对于我们这些后来者

那是一种警醒

看一眼那发黄的土坯墙

我的心就隐隐作痛

我凝视着

那些醒着的眼睛

那些眼睛也看着我……

第二卷　浴火

长征是一部行走的书

长征是什么?
有很多的答案,但我觉得它是一本书
在开篇的时候,充满了悲剧和血腥
那时的笔画扭曲模糊,很多的人走着
　　走着
就被命运抹去了。
在湘江的水里,谁知道那是蹚的水
还是不屈的呐喊;
是难死的愿望还是不瞑目的绝望。
长征一开始是绝望的,
毛泽东跟随在队伍里额头紧锁
香烟一支接一支
有时就燃破了夜;

彭德怀开始摔帽子,用

湖南的粗话骂娘;

人们不知到哪里去?

一个浙江奉化人

也写着他的一本书

他已经打好腹稿

只等将士们的血把腹稿变成现实:

赤匪,在他脑袋和心脏搅乱的赤匪

从此就变成了历史

一个主义,一个领袖

写满这本书的每一页

然而,有美妙开头的书

不一定就有美妙的结尾

石达开没有出现,

大渡河乌江

这些写满悲剧的地方

却历练了红军的脚板

和胆量

红军们也在写一本书，

从开篇的悲剧变得从容和欢快。

红军的这本书

开始时艰难险阻

经过毛泽东的呕心沥血

就开始出现了新的

词语和情节

在赤水河跳来跳去

然后用茅台酒泡脚

在一个叫遵义的地方开会

重新确定了历史的执笔者

这是无韵的《离骚》

也是有韵的歌吟

你听马背上的诗句：

苍山如海，残阳如血

这些诗句开始跌在地上

在行军的队列中

引出了巨大的回响。

战士们的脚就是笔

雪山、草地、腊子口

就是一章一章的标题

那些马匹呢？那些军号

是站立的文字，是象形的文字

那些雪呢？那些青稞？

那些牛的骨头

就成了文字的消化器

长征这本书的结尾

是毛泽东的一个手势结尾的

他有力地劈了一下：

开始写第二本叫"胜利的作品"

大刀魂

此刻

我的耳畔又响起

——大刀向鬼子们的头上砍去

的吼声

这大刀的光影

是民族的血泪

被阳光

多少次晾晒后的

定型

这刀柄上的

红色的绸穗

一定

也是用这个民族的血
染红

此刻，我的血也不再
安宁
是沸腾，是喷涌
是血，血啊
指挥着
我眼睛的视线
凝聚在这大刀的
刃锋

呵
淬过一百次火
在一百次的血中
泡过
我知道
这刀中有风霜，炊烟
和铁锤
与礁岩的撞击声

这大刀

有水的柔软，丝绸的柔性

它劈下，是一座山

它昂起，是一座峰

挂在墙上

夜间就会发出爆响

它会跳动

如火焰

它是一种精魂

它要用对手的血喂养

它是一种

在手上生长的精灵

在这个民族历史的深处

我看到无数的手

举起大刀

齐刷刷地生长着

像埋下的种子

萌动……

纪念碑

——为抗日先烈祭诗

在八十年前,我们的血

开始不再被野兽的口

吞噬

那片土地的草开始返青

河流

开始有异族的侵凌下的呻吟

变得平和

虽然还有战火

八十多年了

我们的血

我们洒在石头上的血

洒在骨头上的血

洒在母亲尸骨上的血

洒在我们割破手指上的血

都钙化了

血站立了

他们有了石头的性格

化成了纪念碑

他们也会柔软

他们的柔软

化成了稻田

那是

三千五百万的死伤

垒成的纪念碑啊

那是多少妇女的

痛哭

少女的哀伤

儿童的挣扎

战士的血泪

垒起的纪念碑啊

有谁计算过?

有谁赔偿过?

历史

就这样一笔勾销了吗?

看到许多的战犯

那些饮血的魔鬼

还在享受着

人间的跪拜和烟火

我真的有些担忧

为我们的血泪

为我们的

大刀的红绸

为"九一八"的冤魂

为那些不应该忘记的历史

是谁说:

历史是任人打扮的小姑娘

你说它黑就黑

说它白就白

不!

我们说

历史的公证

不是一时一地

岁月的冲洗

不会使所有的记忆都退化

野兽的模样

不会在太阳下

肆意地掠夺

我们怀念呢

怀念一九三七年的七月七日

怀念一九四五年的八月十五日

七月七日

是民族浴火的日子

我们的民族是一只凤凰

它在血与火里再生

还记得有一首诗歌吗?

敌人用刺刀

指着我们说:

看,这是奴隶

呵!我们

我们从诗歌里读出了愤激

刺刀下的民族

是不会倒下的

我们的骨中有钙

我们可以一时是奴隶

但我们

不会一世是奴隶

你听!你听啊!

在"大刀向鬼子们的头上砍去"的

吼声里

在黄河大合唱的雄浑里

在平型关

在台儿庄

在缅甸的丛林

在敌后武工队

在一个个地道

在一棵棵消息树里

我们看到了民族的新生

我们听到了

面对强盗的呼吸

我们听到了漫天的风暴

地不分南北

人不分老幼

我们的河流

开始挽手

我们的树木

开始喷薄

在那黑暗中

快要发霉的骨骼啊

我们要到阳光下

我们要夺回

被强盗掠夺的阳光

啊

八十多年了

我们的血还是热的

我们父亲的血是热的

我们打工的妹妹的血是热的

啊——

在每一个巷口

在每一幢高楼

在每一处码头

我们

我们看到了

血的延伸

血的足迹不是悲哀

它是一种温度

是一种激情

是谁说

血写的誓言和字迹

是最真诚的

是啊

有九百六十万的土地写下的

血的足迹

是世界上最大的能量

最大的呼吸

血迹啊

这是巨人的足迹

这足迹

在民族的前行中,大声踏踏地走

这足迹的声响是

龙和凤的和鸣

是血的呼啸

是雷的回声

在血与火里蹚过的脚步啊

开始变得孔武

让世界回眸

八十多年了

原先的民族在血里再生

人说,再生的证明

在哪里?

你听

你听那呼声和歌声!

不能忘记

——致革命先烈

不能忘记的

应该是妈妈

是妈妈给了我们

甘甜的乳汁

给了我们温暖的梦

是妈妈

轻轻地摇走我们

儿时的哭声

是妈妈

抱着我们拍下了

第一张满月的照片

至今

妈妈仍然珍藏着

现在

妈妈的头发白了

眼睛也花了

但她依旧讲述着

我们儿时的顽皮

我们不能忘记

不能忘记的

应该是稻谷

红薯

应该是小麦

玉米

是它们

这些不会说话的植物

喂养了我们的躯体

现在

它们都化作了稻草

化作了灶下的火

化作了粪土

它们

又回归了土地

是它们

牺牲了自己

我们不能忘记

不能忘记的

应该是童年的书包

教室里

用青砖垒起的讲台

和老师的眼睛

当然

还有敲打我们记忆的

钟声

后来

我们上学的路

越走越远

我们肩上的书包

越背越重

我们从乡村走向城市

那段连接

乡村与城市的路

那遥远的钟声

和老师的眼睛

我们不能忘记

不能忘记的

是我们的祖国

我们的祖国

有着黑头发

黄肤色的家庭

不能忘记的

应该是那面红色的旗帜

还有飘展在旗帜上的

那镰刀和锤子

它闪耀着我童年的渴望

闪耀着我青春的憧憬

因为

我们血的颜色

和那旗帜一样鲜红

我们不能忘记

那是祖国和母亲的象征

第四卷 人民

诗人毛泽东

这是一个伟大的诗人

他写了许多的旧体诗

人们说他只写过一句新诗

只一句

——人民万岁!

这句诗成了经典

这句诗

使几亿中国人

走出苦难

这句诗

写在一九四九年以后中国诗选的扉页

他喜欢李白的飘逸

李贺的奇崛的想象

李商隐的朦胧

他是一个哲人

但不喜欢宋诗的哲理

他从

韶山冲的松鼠

和云霞的跳荡

走出

在小溪的叮咚中

寻找着韵律

他的第一首诗是什么

是青蛙?

是小鸟?

是流水?

现在人们还在争论

但我说

他的第一次远行

就是写的一句诗行

这句诗行

肺活量很大

他写诗

先从家乡写起

然后是长沙

井冈的毛竹

长征路上的

城头弯月和雁叫

西风烈

一个瘦瘦的诗人

在马背上吟诗

他用笔饱蘸的

是四时的节令

是山路的崎岖

生民的穷困和挣扎

他的诗有雄壮和婉约

雄壮的一面，冯雪峰

曾把他的诗给了一个

写旧诗也写小说

也写杂文和喝酒的斗士看

斗士说：

"有山大王气！"

这是一针见血的评语

评说一个写诗的革命者

(具有反叛精神

没有温柔的小家子气

是真正的男儿的做派)

当然

他给妻子写过温柔的诗行

在离别的时候

在迎接的时候

在思念的时候

他写诗的那些女性

是幸福的

杨开慧　丁玲　李淑一

他为女人写过

挥手自兹去

但心里还有留恋

就是这首诗

相隔几十年后

在一个墙的夹缝里

被人发掘出来

他们看到了

他的内心的温柔

他一直记着她

把她比成一株高傲的杨树

他也给战友写诗

横刀立马的大将军

（那是什么时候

围追堵截，山高路远

衰兵老马

疲惫的生命就像当年的命运

然而

一个在他诗中的汉字挺立

马叫声声，威猛八面）

忠厚的罗荣桓

也在他的诗里出现

这个视他如师

尊他如兄的人

是他的可靠的战友

战争年代

拼命向前

和平岁月鞠躬尽瘁

他写的是

中国的男子和女子

一句诗就概括了

数风流人物

还看今朝

写诗

是他的另一半生命

他在海边写诗

看到汹涌的海

他像幽燕老将

慷慨悲歌

换了人间,是他的梦

也是他的毕生追求

他一生喜欢水

在橘子洲头

在长江

在海滩

即使是水变成雪

老了，诗思开始凝重

他的笔下写出

不须放屁

人们说气魄宏大

也有人觉得有点出格

他确实是一个出格的诗人

人们也就不再计较

这是一个

诗歌做底子的人

他把诗歌化作了书法

化成了

指点江山的点缀

没有诗

他睡不好

吃不好

诗歌是他的食粮

从《诗经》到唐诗

他

一直看竖排的大字本

他吟诗

在雪地里

在黑夜

在长旅的途中

诗歌诠释着他丰沛的生命

他看不起

那些没有文采的皇帝

当然,他也看不起

只有诗歌

再没有别的东西的皇帝

他是个独特的诗人

他干下了

只有诗人干不下的事业

有一年他写诗累了

然后睡下再没有醒来

于是，他留下的

那片空白

一直没有哪个诗人填充上来

人们怀念这个诗人

但人们却无法模仿这个诗人

人民的儿子

一位老人深情地说

我是中国人民的儿子

人民

这至高无上的称呼

高过世间一切权贵

也高过上帝的头颅

能做人民的儿子

是一位伟人

最大的幸福

人民

是人民给了他

热血和眼泪

他把热血洒向祖国大地

他用眼泪抚慰受伤的花朵

人民

是人民给了他

无穷的智慧

给了他宁折不弯的脊骨

他把智慧和力量

奉献给自己的民族

按照人民的嘱托

他远渡重洋寻求真理

少年时便踏上革命征途

按照人民的指令

他穿过枪林弹雨

踏碎艰难险阻

直到把一个罪恶社会

像垃圾般清除

按照人民的心愿

他不顾个人安危

他忘记个人荣辱

在历史又一个转折关头

以前无古人的气魄

蹚着落后保守僵化的荆棘

在禁区内

硬是杀出一条血路

他饱蘸改革开放彩墨

绘制成一幅

振兴中华的壮美蓝图

今天

他仍然在人民中间

在脚手架上

为社会主义添砖加瓦

在丰收的田野

为共和国收获五谷

他走进塞北牧帐

走进江南小屋

贴心的话

春风般迎面吹拂

仰望蓝天

能看到他温暖的笑容

俯瞰大地

能听见他坚定的脚步

他仍然轻轻挥动手臂

为人民　为祖国明天

深情地祝福

我是中国人民的儿子

这声音

激荡在奔腾的江河

回响在巍峨的山谷

我是中国人民的儿子

这句话

应铭刻进

每个中国共产党员的肺腑

访小平故里

在小平的故里,我看到

他少年出走的情景

一晃几十年过去

他再也没有回到这里

他翻山越岭,跨国越洋

去寻找真理

今天,我来到他

生长的故乡

心中有一种说不出来的味道

是朝拜

还是洗礼

此刻，川北的天气特别晴朗

没有乌云，没有风雨

只是我的眼睛控制不住

流出串串泪滴

看见昔日的纺车

我耳畔便响起纺线的声音

看见他曾睡过的木床

便能闻见小平的气息

那走向堂屋的台阶

可以看见小平的足迹

呵

他从这里走出

一路荆棘

从瑞金、巴黎

莫斯科

再回到中国大地

他走过梯田

踏出小路

他将委屈压在心底

他走到海边

站在礁石上,从此

海浪和他的呼吸

一起喷涌

礁石

和他一起崛起

今天,我看见小平的雕塑旁

鲜花簇拥,我

泪如泉涌,心怀感激

琳琅山的怀念
——怀念朱德总司令

在一个清风吹拂的正午

我走进琳琅山的怀抱

琳琅山的空气

充满着花香

我顺着山阶而下,心里

装满敬仰之情

我只是想看一看

朱老总的扁担

——这只扁担

我只在课本里读过

却没亲眼看见

我看见了

山坡上的那座屋舍

还有当年的磨坊

还有猪栏

我站在猪栏旁留了个影

虽然没有喜悦

也没有遗憾

从琅琊山

走出的朱总司令

也许看见我来了

他在想

是不是想看一看

他当年用过的扁担

——其实，那是在井冈山

用过的扁担

我在老总故园的

猪栏旁站了很久很久

我想

该打一些猪草来

一大捆充满清气的猪草

放在里边……

嘉陵江畔的少年

——致罗瑞卿元帅

哗啦哗啦流水的声音

是不是

嘉陵江的浪花涌动

也许

是万卷楼里

翻动书页的响声

有一个少年

走在嘉陵江岸边

那浪花溅湿了他的鞋子和

衣裳,浪花

也溅到了他的心中

他顺江而上

去寻找生命的火种

他要将他湿淋淋的

鞋子和衣服烘干

他要驱除身上的寒冷

他是热爱火光的人

他爱火的外形

他要将火光装在心里

陪伴他的行程

他一路艰辛地行走

他看见嘉陵江的浪花拍到

岸上

他踩着浪花

一路寻找光明……

清贫赋

孔繁森殉职后，人们在整理遗物时，看到几件令人心碎的东西，一是他仅有的钱款：八元六角；二是他的"绝笔"——去世前四天写下的发展阿里经济的几条建议。

一尘不染，两袖清风，视名利安危淡似狮泉河水；二离桑梓，独恋雪域，视民族团结重如冈底斯山。

清贫，意味着坚守
也意味着放弃
它坚守信仰、精神
它放弃奢华

灯红酒绿

清贫,在现世

正变得稀有

在信仰失重的时代

它像濒于灭绝的

天鹅一样高贵

高贵这个词多么好

它不是一些无知的人

泼在它上面的那些污水

人们不敢奢谈高贵

人们放弃追求高贵

谁最高贵?

肮脏的猪不高贵,为了

一碗酒糟

它们撕扑着抢,抢后就

昏昏欲睡

天鹅高贵,为着蓝天一声

长唉,面对现代污染

宁可玉碎,决不后退

位高不一定就高贵

富贵也不等同高贵

身无分文心忧天下

富不淫　贫不移

威武不屈这就是高贵

文天祥高贵　秋瑾高贵

方志敏高贵　江竹筠高贵

许云峰高贵

歌乐山戴着镣铐的烈士高贵

狱中的方志敏

他在纸上抒写着《清贫》

他用形象塑造着高贵

——不错,共产党员是

清贫的

我宁愿坚守着这清贫

孔繁森是清贫的

他的钱款只有八元六角

就像国民党兵

从方志敏身上仅仅搜出

两块大洋

这么大的官　这么少的钱

他们又捏遍了方志敏的衣角

孔繁森是清贫的

清贫的是外表的服饰

清贫的是餐桌上的饭食

孔繁森最富有

他富有死的哭声

从高原到平原

从拉萨到聊城

他富有死后的送葬

黄河为他送葬

长江为他送葬

五里墩的人步行几十里

年逾九旬的将军坐着轮椅

来为一个人送葬

人们从山地来

人们从河边来

人们采来绿叶

人们为生前最清贫的

一个共产党人送葬

孺子牛

> 孺子牛——牛玉儒
>
> 牛玉儒——孺子牛
>
> 这是巧合
>
> 还是天意
>
> ——题记

鲁迅先生逝去了多年

他墓前的草

绿了又黄

但他的形象

一直活在

一个草原人的心上

鲁迅是民众的牛吗？

他确实有俯首奋力的一面

但鲁迅更多的是

面对黑暗

——抨击黑暗的力量

牛玉儒把鲁迅当成了

一座矿

在这个矿山里

他开采的

是能量

他知道

鲁迅的骨头是最硬的

最硬的骨头的鲁迅

是民族的形象

牛玉儒背诵鲁迅

牛玉儒抄写鲁迅

牛玉儒把鲁迅的血脉接通

牛玉儒不是叶公好龙

关键的时候

他面对丑恶

像烈火呼啸而上

鲁迅说过民族的脊梁

那些埋头苦干的人

那些拼命硬干的人

那些为民请命的人

那些以身求法的人

——这才是民族的脊梁

牛玉儒模仿这些脊梁

牛玉儒成为

像这些脊梁一样的脊梁

牛玉儒也许地位不高

牛玉儒没有花言巧语

没有高头讲章

牛玉儒是一个普通的人

牛玉儒朴素的

像大青山的石头

和黄土一样

正是这些黄土

养育了庄稼

养育了牛羊

养育了那些

村村寨寨

养育了

我们的历史和希望

这些脊梁在历史上也许没有

那些帝王将相显赫

也许他们处在

被凌辱宰割的地方

也许他们的名字

不为大多数所知

就像脚下的

大青山的黄土一样

但你应该知道

历史的含量

有时一双风尘的草鞋

和一座纪念碑有同等的力量

牛玉儒是鲁迅的信徒

他把永不休战的思想

镌刻在心上

人生有很多诱惑

人生也有过多的无奈

永不休战，就是

把自己的一生放在了路上

走啊

走啊

一直奔赴前程

就像鲁迅描写的过客的形象

人们劝阻他

人们挽留他

过客知道自己的使命

在路上

自己的脚在路上

自己的生命在路上

自己生在路上

自己也死在路上

牛玉儒实践了鲁迅的

永不休战的信念

我们应该为牛玉儒高兴

牛玉儒求仁得仁

我们不应悲伤

牛玉儒累死了

这是他的选择

这比昏昏欲睡的生活

这比灯红酒绿的消磨

牛玉儒获得了生命的质量

佩服鲁迅

赞赏鲁迅

可是有多少人

能像牛玉儒一样

把鲁迅的精髓

化成了实践的诗行

从水管里流出的都是水

从血管里流出的都是血

因为

牛玉儒接通了鲁迅的血脉

我们才感受到

那种民族脊梁的形象

在这个强调物质的世界

我不知道

牛玉儒是否被认为是傻子

他的命

是否被人看得不值一文

但生命的质量

绝不是金钱可以衡量

在暗夜思考的鲁迅

抽烟思考的鲁迅

他一直在牛玉儒的身旁

牛玉儒去了

鲁迅

还在那里等着这个姓牛的回来

鲁迅一直还在那里

瞩望

一个老人的心声
——致任长霞

有人说

中国的老百姓是最好的

老百姓

你脚下朴素的泥土

你可以践踏、你可以侮辱

它还是默默地承受和奉献

但是

泥土也有性格

泥土下面也有地火

泥土也有感情

泥土也有无声的歌

一个老人，为了冤情

发誓赔上后半生

上访，上访

上访就是他的生命

后来，这个老人回头了

这是为什么呢？

哦！是她

是任长霞

为老人解开了冤情

是任长霞给老人解开了心中的疙瘩

当老人

把一块匾送给长霞时

那是声声唢呐

有人跪下了

男儿膝下有黄金呐

那是因为多年的冤屈

终于

可以用眼泪抒发

任长霞也流泪了

她的眼泪

就像回报这片热土

人们听到了，听到

泪水砸在土地的回声

大滴大滴的热泪

把那冰冷的心融化……

第五卷 担当

中国的脊梁

——为九八抗洪献歌

灾难

又一次光顾我的民族

豪雨　洪灾　溃堤　决口

我民族的家园

在滚滚的洪水中沉浮

村舍　楼房　水稻　棉花

牛与田鼠

一切的共和国的动物、植物

多少含辛茹苦的劳作

多少粮仓，谷物

多少婴儿和女人的笑靥

危如秋露

这个和洪水拥抱的民族

一次次抗争

人与洪魔的周旋

不绝史书

天倾西北

地陷东南

女娲用芦灰堵塞江河

赤脚的水神大禹

戴上斗笠

把洪水疏成通途

还有那个圣女

化作了填海的精卫鸟

一次一次不绝地歌呼

一部《说文解字》

从"雨、雪、雷、电"

到"江、海、河、湖"

有多少民族纠缠不清的"雨"部

"水"部

走呵，这个民族

带着火药、罗盘、造纸术

好像总是与风雨相伴着赶路

二十世纪最后的时光

在走向新世纪的途中

一次一次洪水冲卷着堤岸

一次次考验着这个民族的韧性

考验着这个有着长城脊骨的种族

洪水涨上天

一切沉没

从山坡到山坡

从田岗到田岗

到处像被飓风卷过一样

没有了绿色，没有了庄稼

没有了稻谷

村庄上

不再有鸡犬的鸣叫

屋顶上

不再有早炊的烟缕

到处是水浪的声音

人们的惊叫与孩子的啼哭

男人把希望留给女人

女人把希望留给孩子

孩子是明天的花朵

明天有拔节的稻穗和《我要读书》

没顶之灾骤然降临

谁能做砥柱中流

在水中攀伏着树枝

坚持八个小时的孩子在遥望

围困三天粒米未进

楼中的女教师在遥望

开窗呻吟遥望

洪水遥望

长江遥望

民族遥望

世界在遥望

遥望那些有着土地

与铜的质地与颜色的脊梁

他们是那些用石头筑起

魂魄的脊梁

是捍卫民族独立

为国殉身的脊梁

他们就这么用一个个脊梁

化成一个个坚不可摧的石碑

开始用血肉之躯锁大江

他们扛起沙袋，石头

他们扛起水泥，钢铁

用肉体去接近

这些没有温情的物质

就这么扛　就这么扛

在浪哮雨狂的午夜

众多的身影　在天幕下

组成一堵堵脊背墙

那最动人的呐喊

莫不是出自溃堤落水

昏迷年迈的将军的胸腔

莫不是"不要管我"

高建成最后的希望

那是中暑的战士　流血的战士

那是面对着水流一寸一寸上涨

斗志愈加亢奋的张扬

用手臂　用血色的意志和沙石

混凝而成的呐喊

呐喊正视着恶魔似的大江

他们呐喊着

从历史的深处

从风雪井冈

从八百里沂蒙

从田野　从厂矿

他们逆江水的意志而上

多少好的兄弟

他们的履历中才是二十岁

他们的青春在早晨

才写下一行两行

可那些漩涡

那些狰狞的魔圈

就这么掐灭了他们的生长

然而

当战友们把他们的遗体托起

却见一个个挺直的脊梁

像一尊尊天然打就的铜像

长江，我的民族诅咒你的残虐的凶暴

但失掉了凶暴的长江怎叫长江

而失去了抗击凶暴的脊梁

也不是

脊梁

于是，我看见那些韧性的脊梁

那些脊梁旁的马灯

那些布满血丝的眼睛

那些脚步

他们能走惯坦途

但他们也会踏泥泞而往

洪水，你怎能随意施暴？

而我们有着土与铜颜色质地的

脊梁

我们的老人还要用簸箕

扇去稻谷的外壳

我们的孩子还要在这个季节生长

我们的姑娘还要

在夜里走进洞房

那些脊梁

那些舍身求法横绝大江的

那些为民请命的

那些拼命硬干的脊梁

那些赤着上身赤着脚

站在堤岸上的脊梁

那些穿着粗布衣裳的

那些穿着绿色军装的

那些每一根脉管里

都鼓胀着力量

在汹涌的江流上闪着亮光的

脊梁

他们用血肉之躯

从史前到二十世纪

把古老民族的魂魄

一次次在危难处张扬

我的民族

我的有荣有辱的

民族

正因为有着这些不屈的脊梁

才有如此悲壮的历史

历史的悲壮

那些脊背排列在长江的堤岸上

那些脊背像岩石一样宽广

他们威猛

他们韧性

在他们的支撑之下,史诗

正挽着血性、石头筑起的纪念碑

已在遥远处为这个民族隆隆地奏响

我还要歌唱脊梁

——献给抗击在"非典"前线的人们

灾难

又一次击打

这片多灾多难的大地

是考验

还是故意?

不是老天不公

就是这片土地

注定要遭受天谴

是这片土地

得罪了什么?

是的

这片土地应该反思

为何

为何灾难屡次光顾?

不是灾难和我们有盟约

不是!绝对不是

每一次灾难

都是一次

残酷的过滤

但每一次灾难

都是对我们脊梁的

一次

庄严的考验

考验这个民族的

韧性

耐力

考验

民族的灵魂

和不屈

这是一个古老的民族

但又开始焕发生机

看啊

那些白衣天使

那些

为了这个民族不计辛劳的

儿女

在灾难

来临的时候

总是

冲向前去

还有军人

硝烟考验

洪水考验

生死考验

我们为何

不能轻松一点?

我不能回答

是我们的民族命定要伴苦难成长

不是

在这片

一半是生机

一半是灾难

产生的土地

这是生长脊梁的土地

这也是

生长抗争的土地

脊梁

和土地在掰手腕

不知输赢

但我知道

最后

我们会取得胜利

尽管我们的旗帜

会布满

子弹的痕迹

是啊

经过弹雨锤打的旗帜

将会更加灿烂

更加绚丽

是啊

是那些脊梁

那些经风雷

经洪水

经弹雨

经瘟疫

一次又一次

一次又一次洗礼啊

还是那些脊梁

列队排成

我们中华民族

中华民族的防护大堤

是啊

没经历磨难的脊梁

不能称为脊梁

但伤痕累累的脊梁

也令我们神伤

令我们惋惜

是啊

我歌唱脊梁

但，也许，我的诗句只能

给脊梁轻薄的赞许

他们付出了

谁让他们是脊梁?

啊

是脊梁

脊梁自身就是

最美的歌唱!

中国集合

——写在汶川地震之际

一支支的队伍来了

他们在五月集合

啊——

这是心的集合

这是力量的集合

这是汗水的集合

这是血脉的集合

这是声音的集合

这是生命的集合

二〇〇八年五月

——中国集合

这是二〇〇八年五月啊

听到命令的

在迅速集合

没有接到任务的

也在集合

这是二〇〇八年的五月

中国在集合

这是南北的集合

这是东西的集合

这是黄河与长江的集合

这是华山与泰山的集合

这是草原与雪山的集合

这是山林与大海的集合

啊——

这是空降兵的集合

这是消防兵的集合

这是通信兵的集合

这是武警官兵的集合

这是公安干警的集合

啊——

这是二〇〇八年的五月

中国在集合

公路上的车队在集合

江河上的船只在集合

蓝天上的飞机在集合

闪着蓝光的救护车在集合

穿迷彩服的救护队在集合

白衣战士在集合

担架队在集合

这是命令吗

不，这是爱心的呼唤

这是崇高的灵魂

和生命的歌

啊——

这是二〇〇八年的五月

中国在集合

从街头到社区

从红十字会办公室

从献血站的门口

从部队到机关

从乡村到小学

捐献的队伍排着长队

他们有学前儿童

有白发的老人

有刚走下脚手架的民工

有残疾的弱者

这是一群平日里都省吃俭用的队伍

他们都有节约的美德

此刻，他们怎么啦

他们怎么会如此慷慨

从积攒了多年的存折里

从锁在柜子的钱包里

从刚发到手的退休金里

从储钱罐里

从年节压岁钱里

他们耐心排着长队

从几千几百到一元一角

他们在所不惜

是啊

他们知道这些钱的用途

他们知道这些钱的急需

虽然少了些

代表着一种心意

啊——

这是二〇〇八年的五月

中国在集合

从探家的战士提前归队的途中

从新嫁娘推迟的婚期里

从春光明媚的度假中

从新婚燕尔的蜜月里

他们来不及

收拾一下旅途的行装

来不及给家人告别

他们

急匆匆奔赴阵地

是啊

他们知道争分夺秒的含义

他们知道

地震灾区的老人、孩子

姐妹兄弟

他们正在废墟中呻吟

他们正在微弱呼吸

等待着生命的延续

啊——

二〇〇八年五月

中国在集合，这一支支

从血与火走出来的队伍

他们从大刀的鸣镝里走来

他们从"非典"的抗争中走来

他们从冰冻的雪光中走来

他们走在沸腾的前沿

这是一支从远古走来的队伍

他的祖先能射日

他的祖先能造火

他的祖先会哭也能歌

啊——

这是一支铜号和进行曲的队伍

他们驱遣着自己的血液和勇敢

他们歌唱着自己的民族和探索

他们的血脉直接光与火

啊——

他们的行动有闪电

他们的呐喊有雷声

他们不怕流血

更不怕流汗

啊——

他们的身影像春风

春风吹拂过的地方

能唤醒山野的花草

能唤醒生命

啊——

这是二〇〇八年五月

中国在集合

这是心的集合

这是民族美德与精神的集合

这是一支生命延续的歌……

中国心,在四月互动

——献给青海玉树抗震救灾的人们

1

这是二○一○年的四月

这是春风合唱的四月

这是油菜花盛开的四月

这是欢歌的四月,这是

萌芽吐绿的四月

人们在四月里享受阳光

在四月里

诉说春天的喜悦

2

呵,四月

就在四月,幽灵一样的灾难

突袭了西部中国

呵

这是青海的玉树

这是中国的玉树

瞬间

使山脉、江河、公路

变得泥泞

坎坷

呵,灾难

这从地壳里跳出的猛兽

又一次在我们的大地上

在中国西北

在青海玉树

在居住着

我们手足兄弟的高原上

肆虐

3

这是一场猝不及防的灾难

眼前，道路变得陌生

好像梦魇一般

这场突如其来的地震

阻断了高原上

等待回家的青菜

阻断了青藏线上的公路

阻断了电网

一切就在这震动中阻断

我们看到了

生命的脆弱和无奈

看到了

惊恐和痛哭

看到了自然的坏笑

无论是钢铁和石头

无论是树木和房屋

显得如此地

不堪一击

大动脉开始变得滞涩

多少走在路上的人

踮脚瞩望家乡

没有了炊烟

多少临产的孕妇

从病房转移到广场救护

然而

一切就因为震灾开始改变

使本来幸福安详的生活

变得坎坷

废墟上人头攒动

房屋倒塌，树木折断

水管破裂，燃气泄漏

断水、断电、断粮、断油

多少牧区、城镇

像回到了远古

这个虎年春天来临的灾难

把无数的家庭

又一次推进了冰窟

灾难

又一次封锁了中国的西部

古老的玉树高原

开始痉挛

我们的藏族兄弟

开始经历又一场磨难

4

救援的队伍

迅速集合

是浴火的凤凰吗

是在荆棘里穿行的荆棘鸟吗

越是苦难

她的歌声越是嘹亮

在灾区里

多少双眼睛在注视

多少双手在挥舞

多少颗心在跳动

是心和心连在了一起

总书记风尘仆仆

从出访途中奔往灾区

走进临时搭建的帐篷

握住伤员的手

一声声的问候

温暖着心窝

他走在废墟中

他握住孩子的手

脸上布满凝重和痛苦

我们的总理来了

他走近寺庙

走近孤儿院

走近临时搭建的帐篷

他问寒问暖

亲切叮咛

解放军来了

他们奋不顾身清障、救人

就像风雨里

吹过了温和的春风

春风到的地方

没有了惊恐

春风到的地方

抚平了哭声

粮食来了

我们不再有挨饿的神经

蔬菜来了

我们喉结开始有了歌声和蠕动

帐篷来了

我们不再有露天的寒冷

一切都准备好了

漆黑的夜里

我们看见了光明

多少的担架，多少的蜡烛

多少的米面，多少的棉被

多少的药品和汗水

开始把灾难

化成春风

5

一场没有硝烟的战争

一场人与自然的抗争

在青海，在玉树

在海拔三千米之上的灾区

我们听到了我们的军队

我们的人民

我们的民族铁骨铮铮

这是大地深处的回声

这是从远古传来的回声

我们在洪水滔天里听到过这回声

我们在大片敌寇的哀号里

听到过这回声

我们在大地震撼的时刻

听到了这回声

今天,中国玉树的今天

中国

二〇一〇年四月的今天

我们在地震坍塌的瓦砾中

又一次看到了

这回声的气度

这是中国的气度

6

灾难

也许暂时麻木了我们的大地

暂时麻木了我们的高原玉树

麻木了我们的歌声

麻木了阳光与正午

但也锻炼了我们的骨骼

锻炼了我们的神经

在灾害面前

我们可以自豪地说

我们的民族

有足够的勇气

在灾难中

我们寻找到了血液的热度

在灾难中

我们看到了

无数的臂膀

挽在一起抗争

在灾难的面前

我们的雄壮开始定格

我们的豪气如江河涌动

这就是我们的民族

灾难

只是我们旅途中的一个片段

一个小小的插曲

地震

只是一个小小的晃动

我们把手伸出去,就能给它扶正

然而

我们有远大的使命

什么灾难

也封锁不了我们的喉咙

什么灾难

也阻挡不了

我们同甘共苦

走向坦途的脚步

第六卷 梦想

通向宇宙的签证
——写在神舟五号飞天之际

1

怀揣着太空发来的邀请

高举着通向宇宙的签证

在五千年梦想的发射塔上

中国的载人飞船

傲然腾空

2

每个民族

不论是什么样的肤色

不论讲的是什么语言

他们的内心

都有一个梦

从大地上腾飞

去漫步遨游太空

他们想和蓝色的星星

对话

他们想象

可以在上面种植庄稼

可以走亲戚

他们想地球人的语言

对方一定能听懂

于是

就有了各种各样的

幻想

于是就有了

今天看来可笑的举动

有人把鸟的翅膀

绑在身上

有的坐土火箭旅行

有的在风中奔跑

有的

手中牵着层层的风筝

要是世间

没有了飞天遨游的梦

你会觉得

这个大地少了嫦娥

月亮也会减去风情

要是世间

没有了飞天遨游的梦

孩子的童年

又怎会张大眼睛

一个一个

指点夜幕上的星星

如果世间

没有了飞翔的梦

人类就会像蠢笨的动物

匍匐在自然的巨掌下

昏睡不醒

如果世间

没有了飞翔的梦

春天会减去色彩

河流没有了歌声

3

广漠的太空

是寂寞的

太空也盼望着

柳绿花红

太空也想有朋友的身影

那寂寞的嫦娥

把长长的舞袖已准备好

她想听到

来自故乡的和声

那吴刚呢?

他准备好

把最新配制的桂花酒

捧给遥远的宾朋

一切都是可以突破的

一切都是可以交流的

人与神

地球与星斗

黑人和白人

人们需要突破的界限

不是山河

也不是大地

要突破的

是自己的头脑和思想

我们从刀耕火种中走来

我们走向工业革命

我们从原子走向太空

我们穿越历史

从《诗经》到唐诗

我们突破的

是一切的桎梏

我们的地平线在地球的外面

我们的地平线是运动的呼声

实践把我们提高

我们在实践中验证

我们从匍匐到奔跑

我们从暗夜到光明

我们和星球是孪生兄弟

我们都从宇宙的母腹诞生

到太空去

我们去寻找新的生命

在新的生命里

我们知道了

我们的生命

经历了多少血与火

经历了多少的坎坷

我们造出了自己的飞船

就像挪亚方舟

那个船上满载的是希望

我们的神舟飞船上

也是希望的产床

那是一个民族的梦

开始诞生,开始有了生命

也许我们经历了太多的坎坷

也许我们经历了太多的苦痛

当飞船上天的时候

我以为

还是在童话和传说中

也许我的心

没有被磨难打磨得千疮百孔

当飞船上天的时候

我的眼泪开始飞迸

人们说喜极而泣

我想这样的泪

满含幸福、激动

也有民族的委屈

在我身上的留影

一切都过去了

我们的屈辱

一切都过去了

太空中

昂立着中华民族的光荣

我们是飞天的子孙

我们才迈开了第一步

我们还要到月球

我们还要会见火星

我们的脚印

会布满整个太空

……

4

历史

会铭记着这个日子

一个

有五千年飞天梦的民族

在这一刻

公元二〇〇三年的十月十五日

我们挣脱了

大地的羁绊

我们飞上了太空

我们就像

去一个风景地旅行

正因为我们有了梦

我们才有了民族的寻梦远行

从屈原的问天

到后羿的遗憾

从敦煌的壁画

到卫星的上天

直到今天的神舟飞船

我们证明了

我们无愧飞天的梦

我们能把梦境

用实力证明

飞天的梦给了我们智慧

飞天的梦给了我们想象

飞天的梦给了我们热情

飞天的梦

给了我们唱给宇宙的歌声

让历史铭记这一刻吧

铭记

我们飞向宇宙的歌声!

飞翔的中国

——写在神舟六号飞天之际

哦,神舟是舟

要不怎能去银河里踏浪争峰

哦,宇航员是弄潮儿

要不,怎会做浪尖的英雄

在小的时候

人们常是对天空

充满疑惑,诗意和梦境

今天的神舟六号

可是这梦境的

诠释说明

什么时日

在腋下也会生出一对翅膀

到银河那里

看是否有鹅卵石

有水草

还有秋天到来

蒹葭苍苍,白鹭声声

看牵牛星

真的就是牧童?

那老牛在黄昏亲昵地

听唧唧复唧唧的织布声?

(神舟六号,就是人类的

梦想翅膀

翱翔在苍穹!)

我知道人类的童年

也像一个孩子一样,对浩瀚的宇宙

睁大了疑惑的眼睛?

他们想象天空有十个太阳

于是嫦娥

于是吴刚于是就有了一个诗人

屈原《天问》的

不朽的追问声

北斗七星、天熊、天秤

人们用身边的物象为天空命名

哦,天上星一颗

地下人一个

在地球人的心里,星星也有生命

星星也有邻居的来往

星星也有冬的雪花

夏季的流萤

于是不管人类的肤色

不管各色的人等

就有了希腊神话里的

日神阿波罗

就有了《天方夜谭》里的飞毯

是啊

人们向往飞翔

人们向往遥远的太空

太空里有什么?

我们是否也该像一个神气的猴子

在天空中大闹一番

把人类对宇宙的神秘

像捅破窗户纸

给捅出无限的歌声?

哦,一个民族

在天空中留下了属于自己的足迹

那里面是骄傲

是民族自豪的飞迸

从美国人的登月

到俄罗斯人的太空行走

人们一方面在仰头崇敬

一边发问:何时才有中国人的身影?

也许

嫦娥早已怀疑

她的子孙是否不肖

只知道在地球的土地上

春耕

夏耘

秋收

冬藏

再没有了冲天的豪情

把苍穹玩在

股掌的伟岸生命之中

不

也许我们中国人曾经落后

但落后

不是我们民族永远的

徽章和名声

我们曾有《东方红》的歌声

飞上太空

虽然是在那个年代

即使是那样的年代

也没有谁能喑哑我们民族歌唱的喉咙

我们的长征火箭

我们的神舟二号、三号、五号

我们也有了我们自己的

航天的英雄

哦，今天

我们的神舟六号

又要漫步苍穹

我们的航天的英雄

他们换了另一种视角

和另一种心情

他们看到我们的地球是那么地湛蓝

他们看到无数的星星

像乒乓球在身边滚动

他们要寻找地球的邻居

如果宇宙中只有地球才有生命

那么，我们未免孤单

未免清冷

但我们开始了寻找

就像在大海

听到了潮汐的召唤

是啊

听到潮汐召唤

而热血沸腾的

才是

大海的子孙

是啊

看到无穷的宇宙

无动于衷的

怎能是

后羿的子孙嫦娥的血统

哦,神州六号

我们延伸的脚步,在太空游行

哦,神州六号

我们放大的喉咙

在宇宙里放歌

那歌声要感动星星

哦,神舟六号

我们是黑头发、黄皮肤

带翅膀的民族

我们不仅做过宇宙梦

宇宙啊

也留下了我们飞翔的踪影

哦,神州六号,是我们地球人的

儿子

也是宇宙的英雄!

中国,写在太空的诗意
——记神舟七号飞天

一声轰鸣

她挣脱了大地的缠绵

她是爱这片土地的

如庄稼爱脚下的泥土

如孩子留恋母亲的怀抱

但庄稼是踮着脚向上长啊

死守家门的孩子

是没有出息的孩子

于是

在这个家族

就有了逐日的夸父

他奔跑

想看一下太阳究竟是什么

那里面有没有人

庄稼和河流

夸父最后累了渴了

他把手杖丢下

他为后人做一个路标

那手杖就成了后人乘凉的桃树

蓊蓊郁郁

在这个家族

就有了长袖的嫦娥

男人追逐太阳

女人奔向月亮

她走了，离开了这个她居住的星球

然后俯视着足下人们的仰望

是啊

多少人在星夜仰望

哪里是银河

哪个是织女，牛郎

哪个是扁担

扁担的后面是女儿

扁担的前面是小儿郎

哦

这个民族一直把飞天的梦写在脸上

 心上

写在敦煌的壁画

农家的剪纸

哦，今天

又有三个来自飞天故乡的勇士

他们在宇宙翱翔

他们拜访身边的星宿

他们向星宿问安

你们见到这样的邻居

是高兴还是忧伤

他们要在太空漫步

他们

是否像在大地花前月下那样地

诗意与安详

毕竟他们来了

他们来自夸父的故乡

他们来自嫦娥的故乡

他们带来了故乡人的问候

他们知道千年的宇宙里

有着中国人的梦想

假如宇宙星空里

没有中国人在漫步

那宇宙星空

难免荒凉

哦

今天他们来了

没有伤怀

只有昂扬

因为他们是如壮士一样

他们的骨中有着无穷来自

黄河的能量

他们要在太空展示一个民族的

步伐

他们迈出了一小步

他们让人知道这个民族迈出了一大步

这个民族开始成长

飞吧

今天的我们

注定要把诗意写在天上

民族的盛典

这是一个民族的盛典

多灾多难的民族用一个世纪的屈辱

一个世纪的期盼

一代代人接力才迎来的盛典

奥运会

这个民族用笑脸来迎接的盛典

没有理由不微笑

虽然我们笑的神经没有萎缩

但过往的岁月确实让这个民族汗颜

积弱的何止是身体?

一个民族躺在历史的腹部酣睡

精神萎靡

然而

这个民族的子孙不可能久居人下

虽然这个民族一向温和

不夺人妻、杀人子

但这个民族有着黄河长江的血管

这里面奔涌的是星、是月

更是无穷的潮汐

因为这个民族要去奔赴大海的邀约

因为这个民族已经知道自己背负的历史约定

她不能对来自明天和大海的约定无动于衷

奥运，是一片舞动的潮汐

这个民族开始赤起臂膀

他们划呀，划呀

这是一群男子

这是一群女子

这是一群从历史深处来的人

他们摇起棹橹，就这么一下一下划动啊

那些俯仰的身姿

如龙的摆动

他们呐喊着,如龙吼吧

他们从黎明出发

他们的身影融入了黎明

他们从高山出发

骨骼里已满是硬朗

应该为这个民族的浴火重生骄傲

你看到那些花儿是那么仔细地绽放

他们把最好的颜色献给这个赶路的

  民族

花儿也笑了

从窃窃到朗声

他们知道了历史的宿命

这个民族已成长为一个巨人

而巨人的力量是不用怀疑的

你看她缠绕的长城

那些烽燧

你看那飞天的嫦娥

那天穹传来的乐曲声

这是一个宽阔坚实的民族

他刺肤文身

那上面现出的是龙的图形

你可以把这个民族当作雄性

他的胸膛可被仰观而不可触摸

你看他体魄的多毛

你看他的胸膛向世间洞开

让钟情他的人啊，花啊，水啊

都投入他博爱的襟怀

你可以将这个民族看成女性

她有你爱听的山歌

她有迷人的声带

她的目光是带电的

在草原上你可以找到她

在竹林里你可以寻到她

在小溪里，你听到她的叮咚

在山路上你可以看到她的转弯

他是一，也是千

这个民族有大千众相

就为了这一刻啊

他把自己的时间和空间展示

他可以是满身织锦

可以是纵横万里

可以是古迹

可以是列阵的武士

可以是红旗是广场

是展开的橱窗是无尽的景观

是雕塑，是弯弓的造型，是奔马的
 嘶鸣

就是这一天，奥运会开幕的那刻

一个龙的形象推上世界的前台

一条大河的形象推上世界的前台

而世界把目光都投向这里啊

这个盛装的民族

她的脖颈是银的项圈和昆山之玉

她的舞蹈是麦穗和稻谷

终于可以安慰我们的母亲了

我们用百年的血汗,用无奈的呼喊

用骨骼才换来的今朝啊,我们是哭着

划着船桨,从小河到大江

然后是大海啊

虽然我们早就有远航的古帆船

早就有郑和

但逝去的流水已淹没我们的荣光

我们必须靠我们自己来创造自己的

　荣光

我们要到奥运的大赛场去

我们知道不会有坦途

但我们渴望一展身手

在我们的头顶

火炬已经点起来了

我们已经许诺

用花朵铺起大路

彩绸装扮门楣

爆竹将沉寂的岁月炸开

礼花开遍城市的天空

让锣鼓喧腾大戏演起来

让我们打扫家园

到处是文明的呼声

让我们大兴土木

把人类的"鸟巢"建起来

让我们俯首弓身

等一声枪响

我们就向前冲刺

民族

自豪地举起那支圣火吧

火炬燃烧着我们

最雄伟壮丽的梦

而我们的梦

已高达天穹

第七卷 旗帜

旗帜

1

我的祖国是黑头发的

他的瞳仁比黑夜还深邃

他的皮肤是黄河的水和

黄土高原的土塑成的

他的皮肤灿烂如黄金

我知道我的祖国和一支歌连在一起

我的祖国和一面旗连在一起

这歌是和血连在一起的

这歌是和火连在一起的

血是殷红的

火也是殷红的

满山的杜鹃和山丹丹也是殷红的

初升的太阳和朝霞也是殷红的

我的祖国的颜色也是红的

这面用血与火凝结的旗帜

这面在广场的黎明飘扬的旗帜

是她最早迎来祖国的朝阳

是她最早将黑暗埋葬

这面旗帜飘扬的地方

有喜庆的红烛与蒙头红

有动地的大鼓和锃亮的唢呐

在把洞房摇荡

这面旗帜飘扬的地方

有裸身的端午节竞相用赤裸的

双臂擂打着双桨

南国夏熟的田畴

北国雪后的萌芽

这一切都是为你生长

我的耳朵

我的眼睛喉咙

我的左手右手

这一切都是为你生长

旗帜在仰望里

为了仰望旗帜

你没听到祖国在踮脚拔节

增高的沙沙声响

哦,旗帜在仰望里

祖国就如鹰

天生就有在蓝天展翅飞翔的梦想

哦,站在这面旗帜下

仰望你

就像一滴水仰望太阳

哦,这面旗帜下的祖国,你是大海

我愿意是一滴水

被你永远地收藏!

2

一提这名字就使我们热泪盈眶

我们知道这旗帜

有慈祥的双目

宽厚的手臂

温热的胸膛

在贫穷时,在苦难时

她拥抱我们

像大鸟用丰沛的羽毛温暖小鸟

像阳光抚慰一株溪畔的小草

我知道在天山深处的草场

在哈萨克的头巾边

有鲜艳的旗帜

那旗帜燃烧在天空

她把天烧红

我知道,在雪原在藏区,在阿里

白雪茫茫,红旗飘展

藏族姑娘在蓝天下歌唱

我知道在黄河入海口

在高高的楼宇和起重机的长臂上

有鲜艳的旗帜

她见证民族的辉煌

呵,在贺兰山下,在蒙古包旁

是那面旗帜映红回族姑娘和

蒙古族小伙的脸庞

他们悠扬的歌声

浸润着浓浓的奶香

在北方,白山黑水间

在鄂伦春的小山村

那小学的操场上

我们知道那鲜艳的旗帜

同孩子手中的

鸽子一起迎着太阳

在南方的礁石上

在渔民归航的晚照里

在白鸥翻飞的翅膀里

我们看到那鲜艳的旗帜在闪光

哦，这是我们民族的旗帜

祖国的旗帜

她在一切的动物植物之上

在这绵延起伏的

九百六十万平方公里的土地上

那旗帜仿佛闪电，在闪电的鞭策下

带动着土地上所有的植物

人物和事物奔跑

朝着吉祥富裕的方向

这旗帜给了我们挺直的腰杆

我们民族的脊梁就如

挺直的家乡白杨

这旗帜是我们共同的家

她收藏流浪的失学的儿童

她收藏海外归家的游子

她收藏漂泊的云

有了这旗帜

我们的心不再流浪

我们在这旗帜的照耀下

如一条河，这条河有许多的支流

但支流汇成的却是爱的不倦的歌唱

我们在这旗帜的照耀下

土地一半生长谷物

一半生长富强

也许我们是一种向阳的植物

我们成长的方向

都对着旗帜耸动起肩膀

哦，给了我尊严，给了我温暖的旗帜

用什么来报答你

那就把儿女对你的深情看成

春天的渐渐开阔的大江

看成开花的原野

那一个个的花蕊里，有爆炸的愿望

这就是不要问旗帜给了你什么

而是响亮回答

"我能为旗帜做什么"的豪壮

3

这旗帜是在南湖的船头挂起的

那时正好天边有一道朝霞

如撕裂旧中国的一道电光

她飘动的声音

是对这土地和民族最深沉的呼喊

那红色啊

是天底下最热烈的颜色

和人们的血液一样红

安源煤矿地下一千米处的挖掘者

在把铁镐挥向空中的隧道里看到它

那闪耀的光如煤井里的星辰

一下子把他的双眼

刺得肿胀

拉着洋车胆怯中进城的青年农民

在他跨过教堂,刺刀摇晃,背井离乡

脊梁上母亲的泪眼是他唯一的行囊

这时他发现有面旗帜

开始对他像母亲瞩望

这旗帜看见过集会女生的围巾

男生的长衫

也看见过敌寇侮辱祖国母亲时

从平原从山岳长出的一支支

矛枪、大刀、铁锤

最后在旗帜上定格

在乡村在工厂

在各个追求自由解放的

角落

所有的人都看到她的拂动

人们听到了她猎猎的声音

那是阳光喷洒的声音

血液涌起的声音

当年在农村土墙上的那面旗帜

当年在渣滓洞江姐绣出的那面旗帜

就是我们为之生为之死的旗帜

她就是沿着我们经济高增长升起的

我们举起拳头宣誓的

在我们的瞳仁里升起的

在我们激动泪水里高高升起的

旗帜

她比我们所有的头颅都高

我们爱她

我们对这旗帜的感情

经受过炮火的检验，岁月的淘洗

我们对这旗帜的纯真

经历过烈火的锻造，风雨的击打

也许，我们最后一无所有

我们都想让她最后的大手

把我们覆盖

那样我们的灵魂才安妥

如果没有她

我们只是悬浮的一粒沙

或一片羽毛

我们拥抱她

如钟摆的时针拥抱二十四小时

我们和她须臾不能分离

她就是我们的空气我们的呼吸

祝福

我们期待已久

我们期待已久

我们看到远方的青草早已踮起脚尖

在瞩望着

我们党第一百个轮回的生日

她们满含露珠就像激动的恋人

那些气息、青草的气息

在我们的左胸鼓荡一直到右胸

我们看到城市乡村铁路桥梁

他们和踮脚的青草一样

他们的渴望反射着第一缕太阳的折光

他们的皱纹储满阳光

他们的头发储满阳光

他们用各种方言呼唤

就像呼唤阳光

祝福我们的党吧

祝福我们的党走在路上

拥抱黑的、白的、农村的镰刀、锉、

 斧头和锯条

在叮当叮当的铁器和谷物的争执中

我们的党变得成熟

变得饱满、沉静

祝福我们的党吧

那些轰鸣的机器

他们的叫声、他们的呼吸

早已变成共和国脚下

任粗糙的沙石也磨不掉的年轮

祝福我们的党吧

那些课本像春天一样打开

我们的党

就像打开一扇通向春天的地道

春天发给我们每人一张路条

春天说蜜蜂在前面引路

谁都不能交头接耳

祝福我们的党吧

那些困难，谁说能

阻拦我们。我们像穿越时间的水流
　　和风

我们看到了远方的召唤，那些理想、
　　目标

和力量正跳荡在阳光下

祝福我们的党吧，祝福我们走在路上

我们到广场

到红地毯、到酒会、到讲坛

到一切宽敞的地方去歌唱

祝福我们的党吧,我们把跌倒的过去

和成绩一起

扶了起来,高楼一天天上升

我们一厘米一厘米上升

走吧,我们走在路上

我们从《诗经》走来

那些句子目送我们

就像出征的儿郎,今我往矣杨柳依依

我们从昆仑深处走来

我们听到远处的呼唤

就像黄河听到大海的潮汐

我们年轻稚嫩

但我们有远行的胸襟

我们听从呼唤,那就是

民族——我永远的母亲

如果让我们有一千次的选择

我们一千次选择脚下的这片土地

选择和土地一样的肤色与亲近

我的民族像凤凰再生

他的年龄很老，有五千年的春

他的年龄也很轻，他诞生在每一个
　　月份

也许他出生时并不顺利

要衔九十九天的香木

集合天下的风云

伴随着血和火

和长长的啼叫，长长的妊娠

我不掩饰我的民族贫困

那些工厂倒闭

失业的母亲到菜市场

为了孩子捡拾菜根

那些广告在电线杆上粘贴

污染着每个孩子的眼睛和黄昏

我们注定要走

我们把真、善、美

从迷失的地方找回,我们有足够的
　信心

我们把寻人启事

贴到世界的每一个角落

我们不担心真善美不会听到我们的
　声音

我们注定要走

你会看到

我们有着鹰的翼轮

和豹子的脚骨

少女的美眉嗓音

我们是少男也是女性的青春

我们的名字叫"群",也是独战的
　个人

我们是耸峙峰峦,也是下沉

我们是缺点也是美声和佳音

看哪，在地平线上隆起的是

我们咚咚的脚步

是郁郁葱葱的桃林

我们走，我们走向大海

我们向往死在海上和将要死在海上的

　　人们

因为大海是人类永恒的血亲

我们已听到奔攘而来的潮汛……

图书在版编目（CIP）数据

百年沧桑 / 商泽军著. -- 北京：作家出版社，2021.7
ISBN 978-7-5212-1477-2

Ⅰ. ①百… Ⅱ. ①商… Ⅲ. ①诗集－中国－当代
Ⅳ. ①I227

中国版本图书馆CIP数据核字（2021）第124462号

百年沧桑

作　　者：	商泽军
责任编辑：	宋辰辰
装帧设计：	YESINY
出版发行：	作家出版社有限公司
社　　址：	北京农展馆南里10号　邮　　编：100125
电话传真：	86-10-65067186（发行中心及邮购部）
	86-10-65004079（总编室）

E-mail:zuojia@zuojia.net.cn
http://www.zuojiachubanshe.com

印　　刷：	唐山嘉德印刷有限公司
成品尺寸：	142×210
字　　数：	75千
印　　张：	7.75
版　　次：	2021年7月第1版
印　　次：	2021年7月第1次印刷
ISBN	978-7-5212-1477-2
定　　价：	38.00元

作家版图书，版权所有，侵权必究。
作家版图书，印装错误可随时退换。